# ALFRED DUBOUT

# Nos Gloires
## et nos Deuils

LE CRÉPUSCULE DES GAULES — BAYARD A GARIGLIANO
LE CAMP DE BOULOGNE

PARIS

IMPRIMERIE A. LANIER

14, Rue Séguier, 14

—

1885

# NOS GLOIRES

## ET NOS DEUILS

# ALFRED DUBOUT

# Nos Gloires
## et nos Deuils

**LE CRÉPUSCULE DES GAULES — BAYARD A GARIGLIANO**
**LE CAMP DE BOULOGNE**

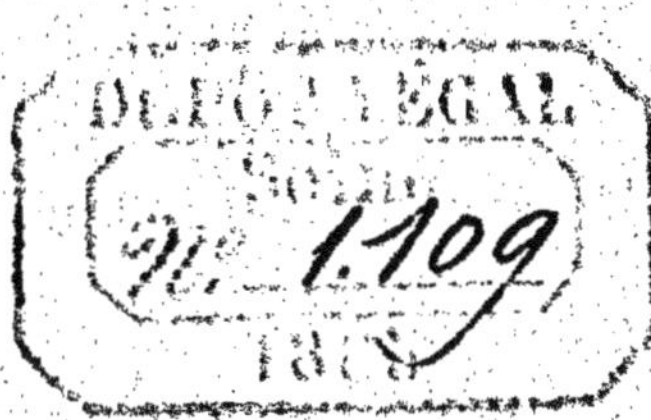



**PARIS**

IMPRIMERIE A. LANIER

14, Rue Séguier, 14

1885

# Le Crépuscule

# des Gaules

# LE CRÉPUSCULE DES GAULES

C'est la nuit. — L'Oiseau noir, roi des larges ténèbres.
De Lutèce à Mona tend ses ailes funèbres,
Et plane, immense et lourd, sur la Gaule qui dort.
Nuit sur l'écueil! et nuit sur le flot qui le mord!
Nuit au sommet des monts! nuit sur le précipice!
Nuit dans les bois, où l'ours, guettant l'heure propice,
Sous les taillis épais rôde et frôle, en passant,
Le cerf épouvanté qui part en bondissant!
Nuit sur le chêne altier qui porte à son écorce
Le Gui, rameau sacré d'Esus, Dieu de la Force!
Nuit, enfin, sous le toit où la Gauloise blonde
Berce un doux nouveau-né sur sa gorge féconde;

Pendant que son époux robuste, soucieux,
Sur son grand lit de peaux, songe, les yeux
Ouverts, sa rude main sous sa tête dressée,
Et, sans sommeil, évoque en sa grave pensée,
Où le passé revient comme une onde en reflux,
Le pâle souvenir de ceux qui ne sont plus.


Car c'est la Nuit des Morts.


                    Des peuples de fantômes
Vont aujourd'hui quitter, pour les lointains royaumes
Qu'Esus promet aux Purs derrière l'océan,
Cette Gaule où leur âme erre depuis un an.
Les femmes, les enfants, les vierges et les mères,
Les blancs vieillards penchés sur leurs bâtons austères,
Et les guerriers, terreur du fantassin romain,
Tombés, sandale au pied, le sein nu, glaive en main,
— A travers monts et champs, des forêts, des cavernes,
Du pays des Morins au pays des Arvernes —
Se lèveront bientôt en masse et partiront
Avec ce léger bruit qu'en l'air les Ombres font.
Ils s'en iront vers l'Est chercher sur les rivages
Les barques sans rameurs, sans voiles, sans cordages,
Esquifs frêles, sacrés pour les flots courroucés,
Que Samhann, le grand Juge, envoie aux trépassés.

Or, dans l'île de Sayn, aux nautonniers fatale,
Au milieu de ces pics aigus où la rafale
Se déchire et se tord en longs gémissements !
Où la foudre, tombant des sombres firmaments,
Sacrilége, s'effraie, et, des blocs qu'elle enlace,
Rampante, à leurs genoux semble de son audace
A force de baisers implorer la merci !
Sur ces rochers abrupts, au front lisse et noirci,
Qui, cabrés droits et hauts devant la mer qui gronde,
De leur poitrail de pierre au loin refoulent l'onde !
Des torches, points ardents, brillant comme des yeux
Dans l'obscurité vague et profonde des cieux,
Vers les flots, étoilés de rouges étincelles,
Dardent obstinément leurs flambantes prunelles.
— Sur les cimes tantôt elles vont s'élançant !
Puis s'affaissent, ainsi qu'un éclair qui descend !
Pour rebondir encore, et, rougissant les crêtes,
Voler en tournoyant d'arêtes en arêtes !


Seraient-ce des Korrigs les rondes et les jeux ?
Ces démons ont-ils vu sur les flots orageux
Quelque riche galère en détresse qui tente
De chercher vers ces lieux un port dans la tourmente ?
Non ! les démons sont noirs et crépus, et n'ont pas,
Roulant sur la blancheur neigeuse de leurs bras,
Les cheveux répandus en ondoyantes tresses.
Ce sont Elles ! ce sont les Vierges ! les prêtresses

D'Esus, de Teutatès et de Téliasin,
Celles qui font mûrir les blés et le raisin ;
Pénètrent le secret des Dieux, frappent l'Impie,
Font reculer la Mort, ou rappellent la Vie !
Et dont jamais des Brenns le plus audacieux
N'a soutenu l'éclair embrasé de leurs yeux.


Aujourd'hui, délaissant leurs profonds Sanctuaires,
Asiles ténébreux aux nocturnes mystères,
Les neuf Vierges, ayant dans un brasier divin
Enflammé le sapin qui grésille en leur main,
Trois par trois ont gagné, pensives, le rivage
Où les âmes des Morts, sous l'étoile ou l'orage,
Viendront, pour leurs esquifs traînés sur les rochers,
Invisibles, chercher d'invisibles nochers.


O morne rendez-vous : pesantes et rapides
Leurs nacelles, sans nombre, et qui paraissent vides,
Des fleuves, des torrents, des grèves, des écueils,
S'assemblent sur ces bords avec des cris de deuils.
L'air s'emplit d'un soupir immense ! et, quand la lune,
Oblique, teint d'argent les récifs et la dune,
On voit, plaintivement, le long des flots tremblants
Courir et se croiser mille fantômes blancs.
Puis, soudain un grand vent s'élève sous les saules,
Et la flotte des Morts quitte les Grandes Gaules.

Mais, dans les airs obscurs où se perd le regard,
Rien ne paraît encor : les Morts sont en retard.


Alors, celle des Neuf qui porte à sa ceinture
Une faucille d'or, et, dans sa chevelure
Brillante et constellée, un écrin radieux
De vers luisants, joyaux vivants et lumineux,
Gwynndola dit soudain :


★


                    « Mes Sœurs, prêtez l'oreille :
« J'entends de l'Orient, doux comme un chant d'abeille,
« Monter confusément des hymnes inconnus.
« Ces voix ne viennent pas de Rome ou de Bysance.
« Mais de plus loin encor... Mes Sœurs, la nuit s'avance,
« Regardez sur les flots si les Morts sont venus !

« Ces voix ne viennent pas de Rome ou de Bysance...
« Mais des horizons d'or où le soleil s'élance
« Sur des coursiers de feu dont l'éclair est le mors !
« De ces cieux où brilla l'étoile du mystère,
« Si belle — que les Dieux l'ont reprise à la terre !
« —O mes Sœurs, dites-moi quand vous verrez les Morts !


« Si belle — que les Dieux l'ont reprise à la terre...
  Douces voix ! à vos chants mon cœur se désaltère.
« Mais que dis-je ! qu'entends-je ! Ah ! frissonne, ô mon front !
« Quoi ! cet hymne si pur qui séduit et caresse
« Maudit les Dieux ! ces Dieux dont je suis la prêtresse !
« — Mes Sœurs, prévenez-moi quand les Morts passeront !


« Ce chant maudit les Dieux dont je suis la prêtresse...
« Mais Teutatès en pleurs changera cette ivresse !
« — Hosanna ! des faux dieux le règne va finir,
« Disent-ils — le seul Dieu puissant et redoutable,
« Bethléem, c'est l'Enfant qu'abrita ton étable !
« — O mes Sœurs, que les Morts tardent donc à venir !


« Bethléem ! c'est l'Enfant qu'abrita ton étable...
« Ah ! craignez de nos Dieux la vengeance implacable,

« Insensés ! entendez là-haut sonner leurs pas !
« Nos Dieux sont grands : ils ont pour escabeau la Terre,
« L'Azur pour oreiller, la Mer pour aiguière !
« — O mes Sœurs, et les Morts qui n'apparaissent pas !


« Nos Dieux sont grands : ils ont pour escabeau la Terre...
« Ils aiment dans les bois le dolmen solitaire
« Et le Gui, d'où la lune à l'aube s'envola,
« Et les fleurs, et les fruits, et les taureaux qui saignent,
« Et les parfums brûlants ! Mais nos torches s'éteignent,
« — O mes Sœurs, et les Morts ne sont pas encor là !


« Nos Dieux aiment les fruits et les taureaux qui saignent...
« Mais ils aiment aussi les Hommes qui les craignent.
« Ils ont pour l'imprudent qui brave leur courroux
« Là-haut, la Foudre ; ici, le fer du sacrifice,
« Et les autels sanglants et noirs où le pied glisse...
« — Et les Morts, ô mes Sœurs, enfin les voyez-vous ? »

★

Ainsi dit Gwynndola.


       Les Vierges autour d'elle
Vers les flots que Dylan, le Dieu des mers, flagelle,
En cercle lentement promènent leurs flambeaux :
Mais rien sur les rocs nus que l'écume des eaux.
Quand tout à coup voici qu'un torrent de lumière
Jaillit, éblouissant, du rocher qui s'éclaire.
Les goélands réveillés s'élancent de leurs nids.
Et, des grands blocs, géants aux torses de granits,
Au sein d'un orbe d'or, majestueux, se dresse
Un Vieillard. — Ses regards respirent la tendresse
Et brillent d'un éclat doucement attristé ;
Une serpe de feu se tord à son côté ;
Et ses cheveux d'argent couronnés de verveine,
Et sa barbe où le vent amollit son haleine
S'épanchent sur sa robe, aux replis éclatants,
Plus blancs qu'un clair de lune une nuit de printemps.


Aux mains de Gwynndola le flambeau penche et tombé !
On entendrait passer le vol d'une colombe,
Ou courir sur les monts, ou glisser sur les eaux
Le rayon d'une étoile en quête de roseaux.

Oui ! c'est Lui : Hu le Fort ! le premier des Druides !
L'ancêtre vénéré des Kymris intrépides !
Ces guerriers demi-nus dont les feuilles des bois
Se racontent la nuit les sauvages exploits.

« Vierges ! relevez-vous — dit-il — vierges des Gaules !
      « Vierges des Gaules aux blancs bras !
« Montrez-moi votre face et non pas vos épaules !
      « Oh ! mes Filles, ne craignez pas !


« Voyez : j'ai comme vous la faucille à la hanche,
      « Mon front comme le vôtre est doux !
« Je suis le vieux Druide à longue barbe blanche !
      « O mes enfants, relevez-vous !


« Je viens pour vous parler doucement et vous dire
      « Qu'il ne faut pas rester ainsi
« A regarder la mer immense qui soupire,
      « Et se lamente et pleure aussi.

« Que ces Temps sont venus — Temps de lumière et d'ombre
    « Dont on ne parlait que tout bas —
« Où des Dieux de Gwynfid le pouvoir croule et sombre,
    « Et que les Morts ne viendront pas !


« Les Morts — ils sont partis, ô mes jeunes prêtresses !
    « Je les ai vus, dans le ciel pur,
« Passer avec des chants et des cris d'allégresses
    « Comme des ramiers dans l'azur.


« Ils s'en allaient, joyeux et prompts, à tire-d'ailes,
    « Vers les montagnes d'Orient
« Où les attend au seuil des Portes éternelles
    « L'Enfant splendide et souriant.


« Celui qui, sans trembler, vers nos Dieux formidables
    « Marcha, l'innocent ingénu,
« Et, calme, les broya comme des grains de sables
    « Sous son léger petit pied nu !


« Celui qui pour dompter dans Rome et dans Athènes
    « Les Dieux des Consuls et des Rois,
« Aux forêts de Judée, où croissent les grands chênes,
    « Ne cueillit qu'une croix de bois !

« Celui qui dans la nuit jongle avec les Étoiles !
        « Fait claquer la Foudre pour fouet !
« Et peut entre ses doigts, dans ses hauteurs sans voiles,
        « Briser le Soleil — son jouet !


« Les Morts ne viendront pas ! Hélas, qu'iraient-ils faire
        « Dans Gwynfid, jadis radieux,
« Où l'on demanderait en vain à la poussière
        « L'ombre de ce qui fut les Dieux ?


« Les Temps sont révolus : adieu, les doux symboles !
        « Adieu, les rites effrayants !
« Adieu, les anciens Dieux et les anciennes Gaules
        « Aux larges dômes verdoyants !


« Votre tour est venu : passez, puisque tout passe !
        « Les oiseaux, les fleurs, les moissons,
« Le lierre plein de nids sur l'arbre qu'il enlace !
        « Et les Bardes ! et leurs chansons !


« Passez — les bois touffus penchés sur les abîmes,
        « Géants que fauchera le fer !
« Passez comme ont passé, fugitifs, sur vos cimes
        « Les rayons des lunes d'hiver !

« Passez — les monts chenus, aux grands aigles propices !
     « Colosses dans l'ombre épiés,
« Vos cadavres, bientôt, jetés aux précipices,
     « Combleront le gouffre à vos pieds.


« Passez — les ours grondeurs à marche oblique et lente !
     « Passez — les taureaux monstreux
« Devant qui nos chevaux se cabraient d'épouvante
     « Et qui braviez nos durs épieux !


« Passez — les fiers élans qui buviez à nos sources
     « Parmi les baumes des halliers,
« Et que nos jeunes gens rejoignaient à la course
     « Et prenaient par les andouillers ?


« Passez — esprits jaseurs qui gardiez nos fontaines,
     « Où, mouillant leurs pieds nus et blancs,
« Nos vierges le matin baignaient les lourdes laines,
     « La robe troussée à leurs flancs !


« Passez — les blonds guerriers vêtus de peaux de bêtes
     « Aux mufles pendants sur vos fronts !
« Et qui dressiez aux vents, farouches, sur vos têtes
     « Des ailes, comme les Dragons !

« Plus de butin ! plus de bardit ! plus de bataille !
　　　« Plus de chars hérissés de faux
« Où vous voliez, penchés et nus jusqu'à la taille,
　　　« Au train effréné des chevaux !


« Tout est fini ! mon cœur s'inonde de tristesse.
　　　« O belle Gaule, écoute-moi :
« Une dernière fois, salut à toi, Lutèce !
　　　« Armorique, salut à toi !


« Salut à nos vallons, nos chaumières, nos villes,
　　　« Nos nuits et nos jours triomphants !
« Aux chasseurs de nos bois ! aux vierges de nos îles !
　　　« O Gaule, à tes petits enfants !


« Et vous, filles d'Esus, chères au vieux Druide,
　　　« Si, dans vos songes quelque soir,
« Jeune et fière, apparaît une Femme splendide
　　　« Qui sur vos forêts vient s'asseoir ;


« Si, solennel et doux, le cercle d'or des Reines
　　　« Brille sur ses cheveux soyeux...
« Ah ! pour elle n'ayez ni colères, ni haines !
　　　« Faites-lui place sous vos cieux !

« Et, sans plisser la lèvre ou détourner l'épaule,
        « Que l'Univers qui vous connait
« Voie au seuil du tombeau la douce vieille Gaule
        « Sourire à la France qui nait ! »


★


A ces mots le Vieillard se tait. Le blond cortége
Des prêtresses de Sayn voit sa robe de neige,
Floconneuse, pâlir dans l'air avec lenteur,
Puis, mollement fondue en flottante vapeur,
Planer un peu de temps au flanc du rocher sombre
Et s'éteindre, et se perdre, impalpable, dans l'ombre.


Les Vierges se tenaient craintives et sans bruit,
Leurs mains cherchant leurs mains, au hasard, dans la nuit.
Alors, il leur parut qu'une rumeur lointaine
Et plaintive montait du côté de la plaine :
C'était comme des chants tristes à peine éclos !
De grands soupirs ! des cris aigus ! de longs sanglots

Etouffés ! puis des voix stridentes ! un mélange
De colère et de deuils... Et ce concert étrange
Approchait, bourdonnant, ainsi qu'un vol d'oiseaux.
Ah ! les Vierges sentaient la mort glacer leurs os !
L'une d'elles, déjà, murmurait la prière :
« Les Dieux sont grands : ils ont pour escabeau la Terre ! »
Et le bruit grandissait, rapide !... Quand, soudain,
Gwynndola vers le ciel obscur étend la main.
O terreur ! ses regards ont vu dans les ténèbres
Des formes qui passaient et s'éloignaient, funèbres !
Et sa voix dit ces mots pleins d'un trouble profond :


« Mes Sœurs, voici les Dieux des Gaules qui s'en vont ! »

# Bayard à Garigliano

# BAYARD A GARIGLIANO

« Allons, mes Espagnols, gens d'armes ! lansquenets !
« Sus aux Français ! Et vous, les trompettes, sonnez !
« Par saint Jacques ! et par la Vierge de Mantoue,
« Coiffons, mes beaux faucons, ces lièvres de Norfoue
« Et, qu'avant nonne il soit, les amenions ici
« Tout penauds, deux par deux, crier grâce et merci !
« Voyez : déjà, là-bas, leurs pennons et bannières
« Apparaissent, flottant au-dessus des poussières !
« Sus, sus ! la pique au poing et la lance aux arçons !
« A nous, butin ! à nous, captifs ! à nous, rançons ! »

Ainsi, tout chevauchant à grand train par la plaine,
Parlait don Lacerda, cousin et capitaine
De Pedro Navarro. — Son armure d'acier
Sonnait et cliquetait aux reins de son coursier.


Car le matin, Saluce, acceptant la bataille,
Avait vu ses soldats, criblés par la mitraille,
Gens de pique et de trait, bombardiers, fusiliers,
S'enfuir, sourds à la voix de ses bons Chevaliers.
L'Espagnol les pressait durement. Casque en tête,
Les cavaliers bardés protégeaient la retraite,
Et, de taille et d'estoc, frappant, piquant, taillant,
Faisaient sous leurs grands coups tomber plus d'un vaillant.


Enfin l'on rencontra, vers midi, la rivière
De Garigliano. Sur l'étroit pont de pierre,
Se heurtant et poussant, les fuyards empressés,
Devant les Espagnols à leurs trousses lancés,
A grand'peine achevaient de passer en désordre —
Quand Lacerda, ce tigre affamé qui veut mordre,
Aux cimes du ravin parut sur l'autre bord !
Et, les voyant si près, jeta son cri de mort.


L'écho lui répondit ! Et toute la vallée
En gémit ! Et, dans l'air, une sombre volée

De corbeaux, qui planaient, le bec rouge de sang,
Vers les sommets des monts s'enfuit en croassant.


En ce moment, Bayard, avec cent hommes d'armes,
Mouvant rempart de fer insensible aux alarmes,
Poing sur la hanche, au pas, plume au vent, lance en haut,
Lui dernier, franchissait le Garigliano.
Or, le bon Chevalier, avide de revanche,
Tressaille de liesse, au bruit de l'avalanche
Des gens de Lacerda, dont la masse en roulant
S'engouffrait vers le fleuve au cours funèbre et lent ;
Et, faisant signe aux siens de poursuivre leur route,
Tourne bride et s'en va, gaiement, comme à la joute,
Seul, sans nul écuyer, servant ou banneret,
La visière baissée et la lance en arrêt,
Sur le pont ébranlé par son cheval de guerre,
Se camper.

Lacerda, qu'emporte la colère,
Fendant de ses soudards les flots tumultueux,
Aussitôt, droit sur lui, fonce et pique des deux !
Ses soldats à grands cris acclament son audace.
Mais Bayard, le visant au bas de sa cuirasse,
Attend de front son choc, et, ferme, sans broncher
Plus qu'un bloc de granit au faîte d'un rocher,
Sur sa lance tendue, à la pointe immobile,
En plein corps le reçoit lourdement et l'enfile !

De la selle arraché, battant l'air de ses bras,
Lacerda se renverse et tombe, avec fracas !
Son beau destrier noir que la fureur allume
Sentant les rênes pendre à son mors blanc d'écume
Et sonner l'étrier vide, à son flanc d'airain,
S'arrête, hume l'air, et, rebroussant chemin,
Vers son maître étendu, dos au ciel, sur la terre,
Allonge tristement ses naseaux et le flaire.


— Mais trois Suisses d'Uri, trois rudes compagnons,
Lourds, vigoureux, trapus, l'effroi des Bourguignons,
Coude à coude serrés, pique au poing, tête basse,
Pareils à trois béliers chargeant un loup vorace,
Fondent sur le vainqueur ! Bayard les voit ! Bayard
A levé son épée : un premier montagnard
S'abat, le crâne ouvert de la nuque aux gencives ;
Châtiant du second les attaques trop vives
Il lui plante sa dague entière dans le cou ;
Cependant, le dernier, l'étreignant au genou,
Tente de l'ébranler — quand soudain sur son heaume
Bayard dresse son gant formidable et l'assomme !


Vallons d'Uri, torrents aux sauvages abords !
Chantez vos chants de deuil : car vos guerriers sont morts !
Et vous, broutez en paix, chamois des hautes cimes :
La flèche qui, sifflant au-dessus des abimes,

Vous jetait sur le roc, où pleuraient vos grands yeux,
Près de l'arc débandé dort au carquois poudreux !


Là périrent aussi Langelos et d'Alêtre :
L'un féal Chevalier ! l'autre félon et traître !
Puis Garcia ! puis Blanco, le joyeux Florentin,
Allié de Sforza, jeune et blond libertin
Qui, pour charmer des camps l'humeur rude et chagrine,
Faisait la guerre, ayant au dos sa mandoline.


— Mais voici qu'un géant des monts Pyrénéens,
Tel qu'un fauve, rampant sur le ventre et les mains,
A l'abri de ces corps massés dans la poussière,
Sur Bayard enlacé se jette par derrière ;
Durs et noueux, ses bras, comme un étau vivant,
L'enserrent. L'ennemi fait un pas en avant,
S'écriant qu'il est pris ! Quand, lâchant son épée
Et sa dague, de sang chaude et toute trempée,
Bayard, les reins cambrés, prend dans ses doigts de fer
La tête du géant, et, les coudes en l'air,
L'étreignant et pressant au dos de son armure
De son noir morion lui brise la ferrure ;
Puis, d'un coup sec et prompt qui lui casse le col
Comme un taureau, l'étale expirant sur le sol

A ce choc le pont sonne, et, sous l'arche de pierre,
Gémit, plaintif et sourd, l'écho de la rivière.


Ainsi finit celui qui trente ans sous ses pas
Fit trembler la montagne! et dont les larges bras,
Tout velus, étouffaient les grands ours, quand, dans l'ombre,
A son corset de cuir accolant leur poil sombre,
Ils osaient, corps à corps et l'œil ensanglanté,
Lui disputer des monts l'altière royauté!


Au râle qui s'échappe en sifflant de sa bouche,
Les Espagnols, saisis d'une terreur farouche,
Ont reculé! — Bayard voit leurs rangs bigarrés
Diriger devers lui des regards effarés!
Il les entend, grondant d'impuissance et de rage,
Nommer tout haut leurs morts, exalter leur courage!
Et, se signant, jurer que ce jouteur mortel
N'est que Béelzébuth ou l'ange Saint Michel!
Or, pendant que les chefs assemblés délibèrent,
Et comptent les guerriers que ses coups moissonnèrent,
Le brave Chevalier, sentant son front baigné
Et son corps un peu las d'avoir tant besogné,
Heureux de respirer l'air frais de la rivière,
De son casque massif détache la visière

Et la lève. — Aussitôt de l'Espagnol hagard,
Un cri s'est élancé, plein de terreur : Bayard !
Oui, Bayard reconnu ! Bayard, haut et tranquille,
Son armure brillant au soleil qui scintille,
Et qui, sur le vieux pont lourd d'un sanglant fardeau,
Attend, l'épée en terre et les poings au pommeau.


Alors, tous ces soldats aux couleurs des Espagnes,
Vétérans éprouvés par cent rudes campagnes,
Sans songer à forcer le passage fatal,
Détendent l'arbalète et tournent leur cheval ;
Ou, s'appuyant au col la longue hallebarde,
Devant le Chevalier surpris qui les regarde,
Défilent lentement, et, d'un pas fatigué,
Le long de l'eau s'en vont plus loin chercher un gué !

# Le Camp de Boulogne

## 1804

# LE CAMP DE BOULOGNE

## 1804

### I

Libre et fière ! et pareille en ses promptes furies
Au Mustang indompté des immenses prairies,
La France, alors, sans freins, sans maîtres et sans lois,
D'un coup de reins venait de jeter bas ses rois.


Elle allait ! tour à tour criminelle ou sublime,
De l'abîme aux sommets, des sommets à l'abîme !
Sombre comme le soir, blanche comme le jour !
Piaffant de colère, ou hennissant d'amour !

Folle de libertés ! et, secouant, farouche,
Le bout de mors brisé qui pendait à sa bouche.


Elle allait ! — croupe en l'air, les naseaux écumeux,
La queue au vent tordue, et, de ses pieds fougueux
Faisant gronder le sol sous son galop sonore !
Ici, semant la nuit, Là, répandant l'aurore !
Terrible à ses rivaux, plus redoutable aux siens !
Sous son sabot broyant Brunswick et ses Prussiens
Et jetant près des morts, que sa ruade étale,
La tête aux cheveux d'or de la douce Lamballe !
Triomphante à Fleurus — vile et lâche à Verdun.
Ayant les appétits d'une tigresse à jeun
Qui déchire et qui mord sans regarder sa proie !
Hier, écrasant Custine avec un cri de joie,
Aujourd'hui, le pleurant. — Frappant du même éclair
La Gironde, à Paris — sur le Tésin, Munster !
Héroïque et superbe aux champs de Sambre et Meuse.
Géante, sur le Rhin ! — sur la Loire, odieuse !
Culbutant au hasard dans le même charnier
Le bourreau Robespierre et le barde Chénier !
De honte et de grandeur effroyable mélange,
Toute couverte, enfin, de lauriers et de fange !
Et, l'écume au poitrail, sauvage, bondissant
La tête dans la gloire et les pieds dans le sang !

C'est alors que tu vins.

                    Tu sortais de Brienne ;
Ton âge était celui de César et Turenne ;
Et déjà quand passait le petit officier
Les camps, qui se grisaient à ton regard d'acier,
Se montraient, scintillant sur l'or de ta dragonne,
L'éclair de Chébreiss et de Castiglione.


Botté, les éperons vissés à ton talon,
Tu cherchais le féroce et rapide étalon
Qui pût prêter sa croupe ardente à ton génie,
Et sans plier porter, ou maudite ou bénie,
A travers les effrois des peuples frémissant
Ta lourde Renommée au front mat et puissant.


Tu la vis, ô la belle et terrible cavale !
Passant comme une foudre au sein de la rafale
Qui grondait sur l'Europe et sillonnait les cieux,
Splendide, elle éblouit ton esprit et tes yeux !
Tu la vis — tu la pris : par un jour de Brumaire,
Un peu lasse et foulant, à l'écart, l'herbe amère,
Elle paissait, craintive au seul bruit des roseaux...
Quand, brusquement, ta main la saisit aux naseaux !

Dans un râle strident de rage et d'épouvante,
Ses pieds battant les airs, la prunelle sanglante,
Cabrée ! et, jusqu'aux sols par ses fers labourés,
Ployant, comme un ressort, l'angle de ses jarrets,
La flamme aux dents, les crins secoués en désordre,
Essayant follement de broyer et de mordre,
Elle voulut briser ton étreinte d'airain !
Rien n'y fit : tu savais comme on dompte ! et, soudain,
T'enroulant au poignet sa crinière rebelle,
Avec un cri vainqueur, d'un bond tu fus en selle !


Et vous voilà partis tous deux ! elle, hennissant !
Toi, pâle et froid, les yeux vers ton rêve écrasant.
Et le Monde trembla lorsque, levant la tête,
Il aperçut, là-bas, volant dans la tempête,
Sur son cheval de guerre un cavalier vengeur
Qui devers lui dardait son regard d'Empereur.


Car l'heure avait sonné pour ta moisson de gloires :
Formidable, on te vit te ruer aux victoires :
Et c'est Ulm ! Austerlitz... dont le riant soleil
Dès l'aube en tes bivacs saluait ton réveil,
Et semblait te livrer, couvrant au loin les chaumes,
Deux Empereurs avec quatre-vingt-dix mille hommes !
Valmy pâlit devant les splendeurs d'Iéna,
Où l'aigle noir de Prusse à tes pieds se traîna,

Lamentable ! et montrant par ta botte écrasées
Ses serres qui pendaient sous ses ailes brisées !
La Vistule t'acclame aussitôt que l'Oder :
Ici, Soldau, Pultusk ! Là, Wallesdorf, Heilsberg !
Puis Eylau — long duel que la nuit seule abrége —
Où ton canon tonna sourdement dans la neige.
Et Friedland ! et Wagram ! Eckmul !... que sais-je encor ?
Comment suivre ton vol ? — Tu vas d'un même essor
Étrangler l'Autrichien sournois qui se relève !
Dans ses étangs jeter le Russe ! et, de ton glaive,
Menacer, pointe au cœur, et le sourcil froncé
Le Prussien de nouveau râlant et terrassé !


A toi, les arsenaux ! à toi, les capitales !
Les fanfares, les cris, les marches triomphales !
En vain, Vienne, Berlin, Londre, aux sombres brouillards,
— Spadassins aiguisant en secret leurs poignards —
Dans l'ombre, à pas de loups assemblent leurs milices ;
Puis, quand tout est gardé fleuves, cols, précipices,
Sur toi, pour t'accabler, fondent impétueux....
Enlevant ton coursier dans tes genoux nerveux,
Tel qu'un fauve effrayant qui jaillit de son antre,
Tu leur passais d'un bond terrible sur le ventre !


La terre qui connaît ton pas impérial
Croit l'entendre à Postdam ou dans l'Escurial,

Et voici qu'aux lueurs de Moscou qui s'allume,
Dans la rouge fournaise où le Nord brûle et fume
Tu te dresses, pensif, sur le Kremlin des Czars !
Car le Monde est à toi. Frontières et remparts
Tombent, quand tu parais ! et l'Europe conquise
Baise les pans flottants de ta capote grise !


Oui, tu fais, d'un signal échappé de tes doigts,
Les rois, tes serviteurs — et tes serviteurs, rois !
Penché sur ta jument qui de fierté frissonne
Ta main cueille en passant des sceptres et les donne :
A Louis, la Hollande ! à toi, Naples, Murat !
Joseph, reçois Madrid ! Fesch, le cardinalat !
Un fils te naît ! un fils ! Il lui faut un royaume !
Tu te gardes Paris ; que te reste-t-il ? — Rome !
Et tu cours lui chercher, au frêle lionceau,
Cette Rome — hochet qui pend à son berceau !


Ah ! qui l'eut reconnu dans sa gloire suprême
Sous ce manteau frangé d'or ! et ce diadème !
Le petit officier qui jadis, suppliant,
Priait Barras de lui donner un régiment !
Et dans cette cavale à la selle écarlate
Caracolant d'orgueil sous la main qui la flatte

La France de Marat et du Septembriseur !
De Legendre, un boucher ! de Santerre, un brasseur !


Mais un jour — jour fatal ! — calme et dressant la taille
Tu regardais finir encore une bataille....
C'était à Waterloo : sur les reins d'Albion
S'abattait lourdement ta griffe de lion.
Vers les carrés Anglais crevés par ta mitraille
La Garde s'avançait... longue et sombre muraille
Où les bonnets à poils, de mousquets hérissés,
En flots noirs ondulaient par ton souffle poussés...
Quand un reitre allemand, un Blücher d'aventure,
Sabre nu, se glissa sans bruit sous ta monture
Et tout net lui trancha d'un seul coup le jarret !


Tu tombas, étourdi, le front contre un boulet....


Alors, battant des mains au fracas de ta chûte,
Les vaincus qui, tournant les talons à la lutte,
Fuyaient, comme un grand vol effaré de corbeaux,
Dispersés par la Garde au vent de ses drapeaux...
Les vaincus qui touchaient presque au seuil de Bruxelles,
Vers toi sont revenus, sans nombre, à grands coups d'ailes.

On t'entoure — on te frôle — on te touche ! — O terreur !
Sous ta tunique on voit encor battre ton cœur !
Le grand Lion n'est donc pas mort ! — Peur ridicule !
Voilà tout cet essaim qui pâlit et recule !
Puis, soudain raffermi, fonce, levant les bras,
Sur ce corps étendu qui ne se défend pas !


On l'étreint, on le lie, on le prend, on l'emporte !
Jusqu'au Bellérophon l'Angleterre l'escorte….
Et toi qui vis ramper le Monde à tes genoux !
Toi si grand qu'Alexandre en eut été jaloux !
Toi, qui de ton vieux Louvre ou de tes Tuileries
Conviais, aux accords joyeux des sonneries,
Sous tes larges perrons fourmillant de guerriers
Les Peuples à venir tenir tes étriers —
Au sein des flots lointains, monotones et vagues,
Tu te réveilles pâle, un jour, au bruit des vagues,
Captif, et n'ayant plus pour trône qu'un rocher !
Et pour cour, les goélands qui viennent s'y percher !

## II

Ah ! quand des océans mesurant l'étendue,
Les yeux toujours fixés vers ta France perdue,
Sur un récif, assis, le coude à tes genoux,
Immobile, et pareil à l'aigle sans courroux
— Prisonnier dédaigneux qu'un soldat rouge épie —
Tu repassais la rêve éclipsé de ta vie !
Dis-nous, que voyais-tu, monarque sans rançon,
Loin, bien loin, tout là-bas, derrière l'horizon :
Au delà du soleil qui chaque soir s'y plonge ?
Et des reflets changeants, que son éclat prolonge
En longs filets de pourpre amincis et flottant
Sur l'or des flots, où l'ombre avec lenteur s'étend ?


Dis-nous, que voyais-tu ? — Ta Corse ou ses montagnes ?
Joséphine — ou le Sacre ? ou tes rudes Campagnes ?
Fleuves franchis — combats — bivacs — marches — assauts ?
Et tes soldats géants et tes fiers généraux ?
L'image de ton fils ? — De ton fils ! — tête frêle !
Pauvre oiselet tombé tout transi de ton aile !

Arcole ou Montmirail ? — Rome ou Fontainebleau ?
Où ton baiser d'adieu pleura dans le drapeau ?


Ah certes ! tu voyais par delà les espaces
Tous ces êtres si chers, ces nations, ces races,
Ces lieux que ton talon, un instant arrêté,
Marqua d'un sceau profond pour l'immortalité !
Mais de ces visions de tes Gloires passées,
— Grandes veuves en deuil qui hantent tes pensées —
Il en est une, ô Sire, une que tu chéris !
Une qui te console ! une à qui tu souris,
Quand sur ton cœur blessé comme une bien-aimée
Repose doucement sa tête parfumée !


Ah, Sire ! Ce n'est pas l'éternel souvenir
De ces exploits, défis jetés à l'avenir,
Qui mirent sur ton front la brûlante auréole !
Non — rien de Marengo, d'Austerlitz et d'Arcole !
Rien d'Eylau, de Wagram ou de la Moskova !
Mais ce vaste projet dont ton cœur s'abreuva !
Et qui, loin de l'air pur et bleu de la patrie,
Berce encor dans l'exil ta grande âme meurtrie !
Ah ! ce camp de Boulogne ! ah ! ces Côtes de Fer !
Ces tentes frissonnant aux souffles de l'hiver !
Et ces champs bigarrés, pleins des éclairs du glaive,
Auxquels tu confias le secret de ton rêve !

Car ce ne fut qu'un rêve — hélas ! Dieu l'a voulu !


Ah ! qu'implorais-tu donc de lui, toi, son élu ?
Un prodige ? une grâce insensée et fatale ?
L'empire des vivants ?... la tiare papale ?
La moitié de son ciel ?... Non ! tu lui demandais,
Au nom de ses autels sauvés par tes hauts faits,
Sous ta tente rayée ou l'or de tes demeures...
Quoi donc ?— Moins qu'une année et moins qu'un jour : Six heures !


Six heures ! rien de plus ! Six heures, pour franchir
Cette mer, ce détroit où le vent fait blanchir
Le flot qui, dans un jour, ondule et se balance
Des dunes d'Angleterre aux falaises de France !
Six heures ! pour voler débarquer tes soldats
Sous ces rives d'argent qui s'élèvent là-bas !
Pour lancer sur la mer, ainsi qu'autant d'étoiles,
Péniches et radeaux, plus de trois mille voiles !
Et, des rochers d'Alprech aux rochers du Gris-Nez,
A ces Anglais haïs et par toi condamnés,
Des hauteurs de Boulogne où ton œil étincelle,
Vomir, sur un éclair jailli de ta prunelle,
— Tourbillons déchaînés d'innombrables démons —
Soixante régiments et quatre cents canons !
Six heures ! — pour passer ! pour tromper la croisière
De Nelson ! pour sonner ta diane guerrière

Dans ces champs de Folkstone où nul depuis César
Hormis le Conquérant n'a mis son étendard !
Six heures ! pour traquer au fond de ses repaires,
A l'abri des couteaux soldés de ses sicaires,
La mégère orgueilleuse, au cœur jaloux et noir,
Sans scrupule, sans foi, sans pitié, sans devoir,
Qui, la robe tendue aux ponts de ses navires,
Cupide, avec de sourds gloussements de vampires,
Recueille, insatiable et les genoux pliés,
Les trésors arrachés aux Mondes dépouillés !
Six heures ! — pour l'étendre en son étendard rouge !
Pour faire de sa pourpre insolente qui bouge
Le linceul de son corps blême et décapité...
Et sur ta Tour, ô Londre, orgueil de la Cité,
Érigeant tout à coup ta taille vengeresse,
En face de l'Irlande éclatant d'allégresse !
De l'Inde, qui se lève et rend grâce à Vischnou !
Des nègres, vil bétail, vendus la longe au cou !
En face de l'Europe attérée et hagarde
Qui, du Tage au Volga, frissonnante, regarde !
Pour apparaître, tel qu'au soir du Jugement
Suprême, le démon rouge du châtiment !
Et, du haut des crénaux dominant cette foule
Que la Tour à ses pieds, impassible, refoule,
Pour te voir, ô vainqueur, ivresse de nos yeux,
Sa tête au bout du bras te dresser dans les cieux !

Six heures! seulement...

                      Et c'était trop encore !
Car, pendant qu'anxieux et devançant l'aurore
De ton camp de Boulogne, au souvenir amer,
Seul, à l'écart, fouillant les brumes de la mer.
Tu t'obstinais à voir poindre comme un fantôme
Le vaisseau qui portait Villeneuve et Ganteaume,
Dieu, qui te refusait ta Pharsale, ô César !
A Nelson expirant accordait Trafalgar !


Et toi, toujours debout sur la falaise aride,
Muet, tu contemplais — non cette mer sans ride !
Cette mer qui, moelleuse, étale à tes genoux,
Par la brise gonflée en plis légers et doux,
Sa tunique d'azur ! — ni ces riants rivages
Où les vagues d'argent frangent l'or de nos plages !
Mais la tête hideuse, au sourire méchant,
Qui, tel qu'un globe en feu posé sur le couchant,
Des horizons lointains que son œil terrifie,
Sanglante, au ras des flots te nargue et te défie !


Ah ! que le feu du ciel m'écrase ! mais je dis
Qu'il eut fait beau de voir aux rivages maudits
Seul, devant l'Angleterre en champ clos enfermée,
Tomber Napoléon avec la Grande Armée !

O bonheur infini de pouvoir dire un jour
A nos morts de Poitiers, de Crécy, d'Azincourt !
A vous, les guerroyeurs des antiques batailles,
Du Guesclin, Jeanne d'Arc, et Lahire, et Xaintrailles,
Et de Guise, et de Saxe, et Jean-Bart, le sans peur !
Que la mer est franchie et que, la joie au cœur,
Avec l'Anglais, sur qui déjà gronde la foudre,
Montjoie et Saint-Denis ! — vos fils vont en découdre !


Ah ! ce Pitt qui pensait : « A quoi bon s'émouvoir ?
Quand on a pour fossé l'Océan — gouffre noir ? »
Et voici qu'un matin dans le morne silence
Comme un coup de tonnerre un cri terrible : France !
Du haut de Westminster où veille le guetteur
Sur Londre qui frémit vient jeter la terreur !
Et voici que dans Kent, brusquement apparue,
L'Invasion, géante aux mille pieds, se rue !
Et que droit vers les murs de la vieille Cité,
A travers monts et vaux, l'ennemi redouté,
Avec Napoléon pour commander la fête,
S'avance au pas de charge et les tambours en tête !


Ah ! Wellesley rassemble en hâte ses soldats...
Écoutez ! écoutez : précurseurs des combats,
Des pibrocks Écossais couvrant la voix criarde,
Sonnent, durs et stridents, les clairons de la Garde !

Soudain, de notre front un long éclair a lui.


Ah, mylords! nous tirons les premiers aujourd'hui!


Impatient, Murat et sa cavalerie,
Murat, tout chamarré, s'élance avec furie !
— Tel qu'un lion fougueux, Ney, les cheveux au vent,
Au sein des Highlanders ainsi qu'un coin vivant
S'enfonce ! — Regardez : tartans verts, jambes nues,
Fusils de Birmingham, et gibernes velues,
Sur les chaumes sanglants, tordus et fracassés,
Etalent au soleil leurs monceaux entassés !
Gloire à Ney ! Dans les airs, que ce carnage amuse,
Son clairon sonne encor — mains non la cornemuse !
— Soult et Lannes, se sont, en amis, partagés
Les hauts Grenadiers-guards par leurs feux ravagés !
Mais, là-bas, quel fracas ! quel tonnerre effroyable !
Couronnant les sommets Davoust, impitoyable,
A vu que Wellesley, ralliant les fuyards,
Les formait en carrés — immobiles remparts
Vers lesquels à l'instant Drouot, braquant ses pièces,
De ses trois cents canons, formidables largesses,
Vomit à pleine gorge et hurlant de plaisir
Au centuple rendus les boulets d'Aboukir.

Ah, tout cède! et tout plie! et chancelle! et s'écroule!
Vers Londre, où la cohue énorme fuit et roule,
Les Cuirassiers massifs, les Dragons bondissant,
Ventre à terre lancés, sabrant et renversant,
— Comme un vol de vautours sur un troupeau qui bêle —
Chevauchent la Déroute aveugle où tout se mêle!
Pendant que les Grognards aux visages noircis,
Haussant leurs lourds shakos au bout de leurs fusils,
Devant Napoléon qui passe dans sa gloire
Éclatent en longs cris éperdus de victoire.


A nous, Londre et Windsor! Et Woolwich et Richmond!
Où demain nos soldats aux clochers grimperont
Pour saluer, flottant au souffle de l'aurore,
Sur ton dôme, ô Saint-Paul, le drapeau tricolore!

## III

Ah ! ce rêve vengeur qui charma ton esprit !
Ce rêve de Titan, doux au cœur du proscrit,
Et qui fit si souvent flamber dans ta prunelle
Comme un rayon d'épée, ô Sire, une étincelle !
Ce rêve qui disait à l'Univers vaincu,
Simplement, ces trois mots : l'Angleterre a vécu !
O Sire ! réponds-nous ! réponds, toi qui sus lire
Presqu'à l'égal de Dieu le destin d'un empire !
Toi dont l'ardent génie, aigle, roi des hauteurs !
Plongeait d'un seul coup d'aile aux sombres profondeurs.
Toi, plus fort que les forts ! plus sage que les sages...
Ce rêve colossal, l'un de tes héritages !
Ce rêve que jamais un Français n'oubliera !
Ce rêve tant aimé — qui donc l'accomplira ?

*Imprimé chez A. Lanier, 14, rue Séguier, Paris.*

Oh, oui ! belle, ô Marie ! et, parmi cette foule
De superbes seigneurs dont ton petit pied foule,
Insouciant, les cœurs ravis par ta beauté,
S'il en est qui, tout bas, dans leur témérité,
Du royal fiancé dont l'amour t'environne
Jalousent les destins sacrés et la couronne,
Ce n'est pas pour avoir, puissants et glorieux,
Plus de biens et d'honneurs, des vassaux plus nombreux ;
Ce n'est pas pour compter à leur cour plus de princes,
D'armes dans leur blason, sous leurs lois de Provinces ;
Pour porter dans les plis de leurs manteaux épais,
Frangés d'or ou de sang, et la guerre et la paix ;
Pour nommer Charles-Quint : mon Cousin ! et, dans Rome,
Faire évêque un manant et pape un gentilhomme !
Non ! ce n'est pas, objet de respect et d'effroi,
Pour être enfin celui qu'on appelle le Roi :
Seigneur des bois, seigneur des monts, seigneur des plaines !
Qui tient de Dieu la foudre en ses mains surhumaines !


— Mais pour s'entendre dire au beau jour nuptial,
O Marie, et par toi, belle comme à ce bal,
Par ces doux yeux d'azur, par cette bouche même,
Le front tendu, ces mots : Monseigneur, je vous aime !

## II

Or, pendant qu'on s'amuse au palais, que les jeux,
Les doux propos d'amour échangés deux à deux,
Sous les marbres muets et les tapisseries,
Confidents éternels des tendres causeries,
A nos joyeux seigneurs font courte cette nuit;
Hors des grilles du parc, en un sombre réduit,
Toit rustique et moussu que la lune sereine
Semble de sa clarté n'effleurer qu'avec peine,
Près d'un âtre où le feu s'éteint en rougissant,
Dans l'ombre, un noir profil de femme à l'œil luisant,
Attend, coude aux genoux en regardant les braises :


De bruit — aucun! Parfois, le vent dans les mélèzes,
Et le hurlement triste et prolongé d'un chien
Qui voit, rapide, entrer la Mort chez un chrétien,
Ou de bleus feux follets se poursuivre sur l'herbe.
Mais rien de plus : Tout dort, chez l'humble et le superbe.


Et cette femme attend toujours; car, on viendra!
Qui donc, l'amant? le fils? non pas! la Signora

N'a jamais eu d'enfant sous son toit redoutable,
Ni d'époux, ni d'amant ; sauf, peut-être, le Diable !
Et maintenant, mon Dieu, si l'on veut tout savoir
Je vous dirai qu'elle est dame du Gai-Savoir ;
Que Médicis un jour l'amena d'Italie ;
Qu'elle est brune, et, dit-on, funèbrement jolie !
Quant à son nom, jamais un mot n'en transpira.
Ces messieurs de la Cour disent : la Signora !
Les autres : la sorcière ! — Elle a, pour toute amie,
Sur ses genoux souvent mollement endormie
Une couleuvre verte et très-longue. Il paraît
Qu'on aurait vu parfois, la nuit, dans la forêt,
— Ce sont des bûcherons qui racontent la chose —
Un loup qui l'accompagne, et de sa langue rose,
Lèche la main qui pend sous sa hanche en marchant.
On dit encor, tout bas, que, suivant son penchant,
Médicis, qui souvent la mande et la consulte
En secret, pour aider à sa science occulte,
Lui livre, chaque fois que le ciel a tonné,
Le petit corps tout chaud d'un enfant nouveau-né.


Serait-ce un tel présent qu'elle attend à cette heure ?
Écoutez ! Quelqu'un frappe à l'huis de la demeure.
La couleuvre élevant sa tête lentement
A ce bruit fait entendre un léger sifflement,
Puis, aux lueurs du feu sur son écaille lisse,
Comme un éclair d'argent, à travers l'ombre glisse

Et disparait.


　　　　Quels gens, sans foi, ni Dieu,
Osent ainsi, la nuit, venir en un tel lieu,
Se damner l'âme?


　　　　« Entrez! » dit la femme. Et l'on entre;
Or, par le seuil béant, un coup d'air vient dans l'antre
Ranimer les tisons écroulés au hasard ;
La cendre se colore, et, du foyer blafard
Où le sarment s'allume et crépite, les flammes
Eclairent tout à coup deux vêtements de femmes.


Deux femmes, en effet, sont là, debout, tremblant,
Le capulet au front, et leur petit pied blanc
Brillant, tendre et menu comme un flocon de neige.
Grave, la Signora, se dressant sur son siège,
S'est retournée :


　　　　« Or çà! que me veut-on? »
　　　　　　　　　　　　　　　« Voici
« Pour vous! » dit une voix. Et, sur le sol noirci,
Pesante, une aumônière aux doux reflets de soie
Tombe et sonne. D'un œil subtil d'oiseau de proie

L'Italienne a vu l'or. Cependant, sans bouger :
« Que voulez-vous ? » dit-elle encore.

                                        « Interroger
« L'avenir ; et, par l'art de la nécromancie,
« Avoir ma vie entière à mes yeux éclaircie ! »


Ainsi parle la femme au manteau de satin.
Et sa voix musicale au doux timbre argentin
Par degré s'affermit — pendant que sa compagne
Sent ses genoux fléchir sous l'effroi qui la gagne.
Alors, la Signora, sombre sous ses cheveux
Noirs et lourds, dit ces mots : « Tu le veux ? »

                                        « Je le veux ! »


« C'est bien. » Puis, doucement, avec un air étrange,
Vers le feu que sa main bizarrement arrange,
Elle s'est accroupie, et souffle, et parle bas...
Et quelqu'un lui répond — quelqu'un qu'on ne voit pas !
Et voici que soudain la flamme s'ensanglante !
Et voici que, debout, les yeux pleins d'épouvante,
La femme s'est dressée, ô prodige, et grandit !
Son sein se gonfle et bat ! sa taille se raidit,
Et, les bras étendus d'horreur, l'âme éperdue,
Pâle, l'écume aux dents, se renverse, tordue.

Alors, son œil blanchit, et, faiblement, sa voix
Douloureuse murmure : « Assez, Maudit ! Je vois ! »


Au fond d'un angle obscur, étroitement blotties,
Les lèvres sans couleur, froides, anéanties,
Les deux pauvres enfants sentent à ce moment
Sur leurs tempes passer comme le frôlement
D'un baiser tiède et doux ! attouchement infâme
Qui, jusque dans les os, leur fait frissonner l'âme !


Mais l'autre a répété : Je vois ! — et, d'un pas lent,
Droit sur elles s'avance… Alors son doigt brûlant,
Vers le front qu'enveloppe une triple dentelle,
S'abaisse : « Écoute donc ; sang des Stuarts ! — dit-elle —
« Et toi qui dors au fond du tombeau glacial,
« Mère de cette enfant, femme au bandeau royal :
« Maudis, en ton linceul, la nuit infortunée
« Où sur ton lit plaintif une fille t'est née !…


« — Ah ! la vie est pour toi sombre jusqu'à la fin :
« Tiens ! voici sur ta joue un baiser du Dauphin !
« Il t'aime, n'est-ce pas ? et toi, chère pensée !
« Tu l'aimes, ton gentil Dauphin, ô fiancée ?
« Tu seras reine, un jour ! et lui sera le Roi ?
« Et l'on dira : Voyez !… — Eh bien, malheur à toi !

« Malheur à lui ! malheur, te dis-je, sur vos têtes !
« Un soir — écoute — un soir, dans une de vos fêtes,
« Une belle viendra, sans ceinture à son flanc,
« Sans perles, ni joyaux — sous un long voile blanc
« Lui sourire, et du doigt l'appeler… L'infidèle !
« Vois-tu comme il la suit ? mais vois-le donc près d'elle !
« Ah ! tu peux supplier et gémir — vain effort :
« Et ton gentil Dauphin s'enfuit avec la Mort !


« — Tais-toi, femme ! tais-toi ! Ta parole me glace ! »
Dit Marie, immobile et livide, à voix basse.


Mais l'autre : « Le Roi mort, tu pars : un vaisseau noir
« T'emporte vers l'Ecosse, au funeste manoir
« D'Holyrood. Et, longtemps, debout sur ta galère
« Jusqu'à l'heure où le ciel d'étoiles d'or s'éclaire,
« Ta main, qui fait flotter un mouchoir parfumé,
« Avec tristesse envoie au beau rivage aimé
« Un long adieu ! — Va ! vogue au royaume barbare :
« Astaroth t'accompagne et sa main tient la barre !
« Astaroth, le démon des sourdes trahisons ;
« Astaroth, dont le souffle allume les tisons
« Des complots ténébreux et des guerres civiles ;
« Astaroth, destructeur des palais et des villes,
« Est là qui te regarde, affligée et priant,
« Et, muet, te sourit d'un sourire effrayant !

« On aborde. — Aussitôt, des montagnes abruptes

« Accourent, en troupeaux formidables de brutes,

« Les Écossais barbus, grossiers, vêtus de fer,

« Claymore au poing, chantant les psaumes de Luther,

« Et qui, sourcils froncés t'affrontant, pâle et triste,

« Entre eux à haute voix maudissent la Papiste !

« Et voilà tes sujets ! — Ah ! je vois ces bourreaux,

« Tes geôliers d'Holyrood, qui, sous les noirs arceaux

« De la prison royale où tremble leur victime,

« Rôdent, à pas de loup, le cœur en proie au crime…

« Tiens ! — ne l'ai-je pas dit ? Oh ! l'horrible présent :

« Cette tête, à tes pieds, soudain rebondissant,

« Et dont le sang jaillit à flots et t'éclabousse !

« Approche ! reconnais la haine qui les pousse :

« Un malheureux t'aimait, noble et fils de Bayard…

« Regarde : le voilà ; c'est lui : c'est Chastelard !

« Chastelard, dont la lèvre incolore et meurtrie

« Semble encor s'entr'ouvrir pour murmurer : Marie !


« — Silence ! dans la nuit j'entends crier des pas :

« Holyrood n'est pas sûr la nuit ! n'entends-tu pas ?

« Mais non ! le beau Rizzio debout te verse à boire

« Dans la coupe d'or pur que tient ta main d'ivoire !

« Un luth est près de toi ; ton grand lévrier blanc,

« Le collier rouge au col, une housse à son flanc,

« Dort sur une peau d'ours, dépouille large et sombre ;

« Lui non plus n'entend rien… Pourtant, tiens ! là ! dans l'ombre !

« Ces faces d'assassins qui surgissent… Malheur !
« Rizzio tombe, en poussant un long cri de douleur !
« Sur son pourpoint sanglant voltige la claymore !
« Et toi ? toi, tu bondis ; ta voix menace, implore ;
« Tes mains, tes faibles mains à l'acier des corsets
« S'attachent ! — Tu combats ces bandits Écossais
« Que ne peuvent fléchir ta colère et tes larmes…
« Quand, tout à coup, voici que sous l'éclair des armes
« Tu vois, venant percer Rizzio des derniers coups,
« Darnley, fils de Lennox et d'Angus — ton époux !


« — Mais, te soufflant au cœur le feu de la revanche,
« Astaroth, à l'écart, les deux doigts sur la hanche
« T'a fait signe et sourit… »

                  « Femme, tais-toi ! tais-toi ! „
Dit Marie, et ses dents s'entrechoquent d'effroi.


« Astaroth a souri — reprend l'Autre, farouche !
« Je le vois qui, la nuit, vient, penché sur ta couche,
« Parler à ton sommeil ; et ton sommeil comprend.
« Ce qu'il dit ? je ne sais ! mais Astaroth est grand !
« Et bientôt, ô stupeur, la superbe lionne
« Sèche ses yeux mouillés, s'adoucit et pardonne.
« Sous ses baisers, Darnley, comblé de soins pieux,
« Enveloppé d'amour, Darnley rend grâce aux cieux…

« Quand certain jour, à l'aube, un vieux pâtre qui passe
« Dans un chaume aperçoit, rigide et sans cuirasse,
« Son corps, les bras ouverts, gisant ensanglanté,
« Le poignard de Rizzio dans la gorge planté !
« — Ah ! ta surprise fut effrayante et profonde !
« Tes larmes des grands lacs allèrent enfler l'onde !
« Pourtant, à regarder d'un peu près cette main
« Qui presse une relique à cette heure en ton sein,
« On verrait — parlons bas ! — sous ton manteau qui bouge,
« Près de l'anneau royal, comme une tache rouge !... »


« — Assez, maudite, assez ! Tu mens, par Jésus-Christ !
« L'avenir... »

                    « — L'avenir ? je le lis ; Dieu l'écrit ! »
Répond la Magicienne en montrant dans l'espace,
Hagarde, je ne sais quelle image qui passe.


« L'avenir ! c'est le Deuil ! et le Crime ! et le Sang :
« A ce point que l'enfant qu'engendrera ton flanc,
« Ton fils, frappé d'horreur jusque dans tes entrailles,
« Ne pourra sans pâlir, sur sa cotte de mailles,
« — Lui l'homme, le soldat, le Prince montagnard ! —
« Entendre cliqueter son glaive ou son poignard !
« L'avenir ? ah ! sachez, ô femmes que vous êtes,
« Que vos cheveux devraient en blanchir sur vos têtes !

« — Oui! je les vois tes jours de folle passion
« Fuir comme une eau qu'on verse! et l'Expiation
« A la robe de juge, au front plein de ténèbres,
« Abaisser sur ton bras ses grandes mains funèbres!
« Alors! — écoute bien — pour toi, pendant vingt ans,
« Plus d'Automnes, d'Étés, d'Hivers, ni de Printemps!
« Plus de soleil, d'oiseaux, de fleurs, même de neige!
« Plus d'amis! plus de fils... Peine que rien n'abrège :
« La Prison? — La Prison aux quatre murs cintrés!
« Triste comme un tombeau dépouillé de cyprès!
« La Prison! eh quoi donc, être jeune, être reine,
« Et ne plus voir des cieux la lumière sereine;
« N'avoir qu'un droit : les pleurs; qu'un grabat pour tout bien ;
« N'être qu'un souvenir; qu'un fantôme; qu'un rien!
« Et vivre, cependant! sentir saigner son âme ;
« Battre son cœur; jaillir... ô pauvre jeune femme!


« — Ah! les sombres cachots! et les mornes donjons!
« Les créneaux dans le ciel et les pieds dans les joncs,
« D'abord, c'est Lochleven — rougissante muraille
« Qui sous l'ongle du Temps se lézarde et s'écaille;
« Puis, c'est Fotheringay; puis, c'est... mais qu'ai-je vu?
« O sujet d'épouv'nte! ô spectacle imprévu!
« Le cruel Astaroth, lui-même, s'en effraie :
« Vers toi, dans ta prison, la femme aux yeux d'orfraie
« S'approche... Elle s'en vient, lente et serrant les dents,
« Le col tendu, les poings crispés, les seins ardents!

« Dans la pourpre qui vêt sa taille menaçante

« On dirait un poignard, à garde grimaçante,

« Dans un fourreau de sang !

                              « Fuir ? — tu n'y songes pas !

« Devant la mort qui vient tu te croises les bras.

« Debout, le front levé vers le ciel qui t'attire,

« Ta bouche doucement sourit à ton martyre !

« Ah ! souris : car d'en haut ton cri fut écouté,

« O Marie — et voici venir la liberté !


« Soudain, d'un bond terrible et fauve de panthère,

« La fille des Tudor, celle que l'Angleterre

« Nomme sa reine ! et toi, ta sœur... Ta sœur, ô Dieu !

« Elisabeth — s'élance ! et, blême, l'œil en feu,

« Te renverse, saisit tes longs cheveux de soie

« Et te traîne au billot... Dans l'ombre, alors, flamboie

« Une hache ; un bruit sourd retentit ! Puis, plus rien...

« Qu'une tête qui roule auprès d'un corps : le tien ! »


Épuisée à ces mots, la Signora chancelle ;

L'Esprit qui l'animait semble s'échapper d'elle ;

Sa main presse sa gorge où râle un hoquet sourd ;

Sur ses membres glacés le frisson monte et court...

O prodige ! et voici qu'une couleuvre verte

Emerge avec effort de sa bouche entr'ouverte,

Et, tordant ses anneaux et se développant,
Déroule lentement son corps souple qui pend !


### III


L'aurore commençait à blanchir les étoiles
Quand, les cheveux au vent, tête nue et sans voiles,
Entraînant sa compagne à travers la forêt
La fille des Stuarts éperdûment courait !
Les biches en bramant fuyaient à son approche.
Les pieds dans l'herbe froide ou glissant sur la roche,
Elle allait... quand, enfin, aux lueurs du matin,
Le château des Valois paraît dans le lointain.
Alors, dans un défi que la brise prolonge,
Vibrante, aux airs sa voix jette ce cri : Mensonge !
Mais, du fond des grands bois, longtemps répercuté,
Triste et grave, l'écho lui répond : Vérité.

# Les Gauloises
## à Verceil

# LES GAULOISES A VERCEIL



Dès l'heure où le vautour tend sa serre et s'éveille,
On avait combattu tout le jour et la veille ;
On avait combattu du fer, des mains, des dents,
Gaulois contre Romains, géants contre géants !

Et Rome, qui tremblait d'une épouvante folle
Quand, leurs yeux bleus dardés sur son haut Capitole,
Les guerriers roux du Nord, aux larges torses nus,
Se ruaient, écrasant ses consuls éperdus,

Enjambaient les déserts, inondaient les campagnes,
Par milliers dévalaient, terribles, des montagnes,
Et, pour passer, jetaient dans les fleuves profonds,
A pleins bras, des forêts entières et des monts ;
Rome, qui, redoutant de rouges funérailles,
Voyait déjà leur masse emporter ses murailles,
Et le Tibre rouler dieux, temples et frontons,
Rome avait triomphé des Hercules Teutons !


Les champs Raudiens fumaient au loin comme une forge.


Un instant, Teutatés prenant Mars à la gorge
Avait cru dans ses doigts l'étouffer en champ clos :
Mars, sous le dieu Teuton, rendait le sang à flots,
Quand Marius parut : sa hache consulaire
Brilla sur le vainqueur dans un cri de colère
Et, sifflante, d'un coup lui trancha les deux bras,
Puis, d'un second, le crâne — ouvert de haut en bas.


Des hordes des Gaulois les cadavres tranquilles
S'étalaient en monceaux, par tribus, par familles ;
Et l'on eut dit, à voir le sol jonché de corps,
Les immobiles flots d'un océan de morts !

Maintenant, on marchait vers le camp — cercle immense
De charriots massifs, plantés de fers de lance,
Côte à côte liés par des chaînes de fer.


Les Romains avaient bien payé, par Jupiter!
Le droit de s'emparer du butin et des femmes,
De voir sous des cils d'or luire des yeux de flammes,
Et de baisers meurtrir, avides, s'il leur plait,
Le marbre de leurs bras faits de chair et de lait;
Ces Gaulois leur avaient assez tué de braves!
Il leur fallait au moins à chacun dix esclaves,
Que, du Rhône au Jourdain, de Corinthe à Luxor,
On leur achèterait dans Rome au poids de l'or!

Or, le camp n'était plus qu'à dix stades à peine,
Quand, devant Marius, sur un coursier sans rêne,
Aux crins de neige, aux pieds fendus creusant le sol,
Annusita paraît brusquement. — De son col

Tombe un long voile noir. Sa voix sonore et brève
Dans l'air silencieux, intrépide, s'élève :


« Consul de Rome ! un mot : mon époux et mon Roi,
« Boïo-Righ — dont le nom seul vous glaçait d'effroi —
« Etant mort, il convient de clore ici la guerre.
« Notre camp est à toi, viens !... Mais que le Tonnerre,
« Et nos Dieux et les tiens, et l'Enfer et le Ciel,
« Témoins de ton serment terrible et solennel,
« T'entendent me jurer sur tes Aigles guerrières
« Et le Taureau d'airain qu'aux femmes prisonnières
« Rome assure l'honneur...! »


                  Elle dit, et se tut,
Superbe. Mais soudain une rumeur courut
Sourdement dans les rangs, et, comme un bruit d'orage,
Grandit, puis éclata, menaçante et sauvage.


« Femme ! — dit Marius à cheval, casque au front,
« Le doigt vers ses soldats — c'est Rome qui répond ! »


Alors, Annusita, dressant sa tête fine,
L'éclair aux yeux, l'orgueil dilatant sa narine,
Calme, et le sein gonflé de défis souverains,
Contemple avec hauteur ces terribles Romains !

Puis, soudain, éclatant : — « Consul ! va leur apprendre
Que notre honneur est à celui qui peut le prendre ! »


Elle dit ! et, légère, au vol de son coursier
Dont la croupe se tend, blanche comme un glacier,
Elle s'enfuit, penchée, et laissant derrière elle
Voler son manteau noir étendu comme une aile.

Voici le camp, avec son enceinte de chars.


Rien ne bouge. Déjà, sur ces frêles remparts,
Insoucieux des dards aigus qui les hérissent,
En foule, les soldats s'accrochent et se hissent ;
Quand, tout à coup, leurs bras taillés, broyés, fauchés,
Lâchent prise ; les corps, par les dards arrachés,
Se renversent sanglants et roulent sur la terre ;
Et, du haut de leurs chars poussant leur cri de guerre,

Dans les scintillements du glaive et de la faux,
Des haches de silex, des serpes, des couteaux,
Des courts épieux polis et noircis par les flammes,
Surgit aux yeux l'armée effrayante des femmes !

Les Romains, culbutés pêle-mêle et surpris,
De toutes parts frappés reculent à grands cris.
Les Gauloises sont là, debout ; leur robe noire
Laisse jusqu'à leur sein saillir leurs bras d'ivoire ;
Le vieux Bardit teuton, hymne des combattants,
S'élève et retentit en concerts éclatants !
Et, les cheveux parés de chêne et de verveine,
Annusita, l'altière et blonde souveraine,
Passe, sur un pavois que supporte à pas lents
Un groupe radieux de vierges de quinze ans !

Mais, à la voix des chefs, les soldats pleins de honte,
Serrent leurs boucliers, et, comme un flot qui monte,
Avec un bruit affreux se jettent à l'assaut.
Durs et pressés, les coups sur eux pleuvent d'en haut :
Les fourches, les épieux, actifs, fouillent les masses,
Crèvent les boucliers, pénètrent les cuirasses ;
La faux s'abat, jetant en l'air une lueur ;
Les pierres, par milliers, ronflent avec raideur ;
Le casque fracassé dans le crâne s'enfonce ;
Et, sous les chars, rasés le ventre dans la ronce,

Des enfants, embusqués*le glaive dans les mains,
Tranchent le jarret nu des fantassins Romains.


C'est un tourbillon noir fait de haine et de rage,
De blasphèmes, d'appels éperdus, de carnage ;
Une mêlée horrible où, foulant le combat,
Le sang jusqu'aux genoux, la Mort danse et s'ébat !
Ici, des seins percés ; là, des gorges ouvertes ;
Des entrailles, pendant au ras des herbes vertes ;
Un flanc de vierge auprès d'un visage barbu ;
Sur le timon d'un char, inerte et suspendu,
Un Vélite vomit son âme par la bouche,
Tandis que bondissant sur lui, prompte et farouche,
Une femme saisit et lui tord dans les doigts
Son javelot de fer à la hampe de bois !


Cependant, des Romains les cohortes profondes,
Poussant leurs premiers rangs comme une onde ses ondes,
Entre les chars disjoints ouvrent des trous béants ;
Quand, les poils retroussés, et, tels ces loups géants,
— Monarques redoutés des forêts Hercyniennes —
Qui terrassent d'un bond les chamois et les rennes,
Une trombe de chiens, par troupeaux déchaînés,
Monstrueux, bave aux dents, hurlant en forcenés,
D'un élan furieux rejoignent la bataille,
Se glissent sous les chars ébranlés qu'on assaille,

Ou, les escaladant, tombent, comme des blocs,
Sur l'ennemi qui plie écrasé sous leurs chocs.


Mille imprécations remplissent les vallées!


Les Gauloises, les bras rougis, échevelées,
Excitent ardemment leurs rudes compagnons :
« Amhra! les chiens! vengeons nos maitres les Teutons! »
Les combattants velus fourmillent autour d'elles;
La rage fait flamber l'ambre de leurs prunelles;
Et les Romains, happés par des crocs acérés,
Pris à la gorge, aux flancs, renversés, déchirés,
Lâchant leurs boucliers que des dents viennent mordre,
Sous la charge des chiens fléchissent en désordre!


Les chars sont reconquis! Les chars, rouges tombeaux
Tout débordant de morts! et d'où, tièdes lambeaux,
— Par les pieds, par les bras, par quelque coin d'armure,
Romain tondu, Gauloise à longue chevelure —
Pendent, comme à l'étal des corps ensanglantés,
Les chars, hideux, aux mains des femmes sont restés!


Mais les archers, au bruit des longs buccins qui sonnent,
Bandent leurs arcs nerveux dont les cordes résonnent.

La flèche est encochée, et, sous leurs bras raidis,
Soudain, d'un brusque effort les grands arcs arrondis
Se redressent, vibrants! Comme un vol de vipères
Sifflent les traits aigus. Leurs pointes meurtrières
S'enfoncent dans les chairs, se plantent dans les os,
Font, des seins traversés, jaillir de chauds ruisseaux,
Et, dardant et plongeant par rapides volées,
Hérissent tous les corps de leurs tiges ailées.


Les chiens, percés de loin, hurlent en se tordant.


Alors, Annusita, sauvage et l'œil ardent,
Du haut de son pavois vers un bûcher qui fume,
Fait un signe : et voici qu'au loin le camp s'allume!
Des brandons de sapin crépitent sous les chars;
De gros nuages bleus, rayés d'éclairs blafards,
Crèvent, jetant aux airs des gerbes d'étincelles;
La flamme grimpe, éclate, ouvre ses rouges ailes
Et s'élance. Les chars, le feu sous leurs essieux,
Craquent, enveloppés de tourbillons fumeux.
Tout s'éclaire; et flamboie; et s'effondre; et s'abîme!
Le soldat, qui, déjà choisissant sa victime,
S'approchait en rampant du butin convoité,
Les deux bras sur les yeux s'enfuit épouvanté.

Ce n'est plus que fumée, agonie, et décombres!
Oh! ces voix des enfants qui s'éteignent! ces ombres
Qui, la flamme aux cheveux, bondissent au hasard!
Ces mains, pour s'en frapper, s'arrachant le poignard!
Ces cris d'effroi! ces chants plus funèbres encore!
Ces harpes, dont le feu rompt la corde sonore,
Et qui, parmi les morts à leurs pieds consumés,
Brûlent, seules debout, sur les chars enflammés!


Spectacle affreux! supplice effroyable et suprême!
Qui fait, sur son coursier, pâlir Marius même.

Comme une biche au sein d'une rouge forêt
Et qui, d'une clairière, autour d'elle verrait
Saisis par l'incendie, infranchissables chaînes,
Se tordre les rameaux embrasés des grands chênes,
Une dernière fois vers la ligne des chars
Annusita prolonge en cercle ses regards...
Plus de cris; plus de chants; rien que la flamme immense!

Alors, de son pavois où tombe, claire et dense,
A lourds flocons dorés une neige de feu,
Levant les bras au ciel dans un muet adieu,
La Gauloise, d'un bond léger s'élance à terre :
« O mes filles ! — dit-elle, en montrant le cratère
« Nos mères et nos sœurs nous attendent... Allons! »
Et, soudain, vers la mort volent les cheveux blonds;
Et dans les airs fumants flottent les robes noires;
Et les petits pieds nus, aux chevilles d'ivoires,
Courent, vifs et pressés, sur le gazon flétri;
Et, de leurs corps, trouant la flamme avec un cri,
Les filles des Teutons plongent dans la fournaise...
Longue mer écarlate où la vague est de braise!

Longtemps on vit, longtemps ! des Alpes descendus,
Les cercles des vautours, aux cols souples tendus,

Voler en tournoyant dans ces plaines funèbres ;
Et, jusqu'à l'heure sombre où montent les ténèbres,
Raser de près le sol, comme pour y chercher
Ce qu'un peuple qui meurt fait de cendre au bûcher.

Paris, imp. A. Lanier, 14, rue Séguier

# NOS GLOIRES

## ET NOS DEUILS

# ALFRED DUBOUT

# Nos Gloires
## et nos Deuils

AGNÈS SOREL — UNE NUIT DE MARIE-STUART
LES GAULOISES A VERCEIL

**PARIS**

**IMPRIMERIE A. LANIER**

14, Rue Séguier, 14

1885

# Agnès Sorel

# AGNÈS SOREL

*A Mademoiselle Weber.*

(Les Anglais, alliés aux Bourguignons, sont maîtres de la moitié de la France.
Le faible Charles VII attend dans son palais de Chinon où, d'asile en asile, il vient
se réfugier, des nouvelles du *Secours* que le jeune comte de Clermont conduit
contre les Anglais qui assiègent Orléans.
   Agnès Sorel, tout éplorée, entre brusquement dans l'appartement royal.)


NON, Sire, c'en est trop : une défaite — encore !
« Ah ! tout est contre nous ! et ce Ciel qu'on implore
« Ne connaît que l'Anglais et que ses étendards !
« Depuis l'aube, la ville est pleine de fuyards.
« De tous, hormis du Roi, la nouvelle est connue.
« On n'osait vous l'apprendre ; alors, je suis venue !
« Le peuple de Chinon, avec les échevins,
« Épouvanté, se presse en masse aux lieux divins,

« Et telle est sa frayeur qu'à le voir de la sorte
« On croirait que déjà Bedford est à la porte !
« Orléans tient toujours, mais son canon s'est tu.
« C'est à Rouvrai, près de ses murs, qu'on s'est battu.
« Le Bâtard est blessé, d'Albret mort ! On raconte
« Que Clermont — la colère à la gorge me monte ! —
« Que Clermont s'est conduit en félon ; que, sans lui,
« La journée était nôtre ; oui, nôtre ! et qu'il a fui
« Sans combattre ! et laissé sa première bataille,
« Avec Dunois, la Hire, et d'Albret ! et Xaintraille !
« Sous ses yeux, lui, leur chef ! et sans les secourir,
« Dans un choc furieux s'engager et périr.


« Et ne pouvoir punir ce couard et ce traître ;
« Penser que ce vassal est aussi nôtre maître ;
« Qu'il vous trahit ; qu'il vend le royaume à Bedford ;
« Que vous êtes le Roi ; mais qu'il est le plus fort !


« Ah ! fallait-il encor pour mieux briser nos âmes
« Le spectacle odieux des lâchetés infâmes ?
« Chaque jour le soleil luit sur un nouveau deuil :
« Azincourt saigne encore aux côtés de Verneuil,
« Et déjà c'est Rouvrai ! Jamais détresse pire
« Ne semble avoir marqué le déclin d'un empire :
« Anglais et Bourguignons, comme une meute à jeun,
« S'acharnent sur la France aux abois ; et chacun,

« A larges coups de dents s'arrachant nos provinces,
« Prend sa part d'un butin préparé par nos princes !
« Et nous avons perdu la Flandre avec l'Artois ;
« La Champagne, où partout Bedford dicte ses lois,
« Calais, Rouen, Paris, Bordeaux et la Rochelle !
« Orléans nous restait — et voici qu'autour d'elle
« Des débris calcinés de ses riches faubourgs
« Salisbury lui forge une enceinte de tours.
« Orléans sera prise ! et son tocsin qui pleure
« Dans un dernier sanglot se taira tout à l'heure !


« Ah ! combien de clochers, en vain, depuis vingt ans,
« Ont, tour à tour, pareils au tocsin d'Orléans,
« D'appels désespérés battu l'air qui résonne.


« Et cependant, voyons ! ne viendra-t-il personne ?
« Noble ou manant ! moine ou soldat ! que sais-je, moi !
« — Sire, vous m'entendez, je n'ai pas dit : le Roi ? —
« Qui prenant en pitié ce pays qui succombe
« Pour l'en tirer lui tende une épée en sa tombe ?
« S'il est quelqu'un, pourquoi ne se montre-t-il pas ?
« Qu'il paraisse, grand Dieu, la France est assez bas !


« Sire — m'écoutez-vous ? je parle de la France.
« Par Sainte-Anne ! quel calme, ou quelle indifférence !

1.

« Allons ! je m'abusais encore, ô Monseigneur,
« Et le pays n'est pas en péril — il se meurt !
« Certes ! nous en pouvions déjà montrer pour preuves
« Et tous ces orphelins pleurant au bras des veuves ;
« Et le trésor à sec ; et nos champs dévastés ;
« Et les drapeaux anglais flottant sur nos cités !
« Ce n'était pas assez : il fallait qu'ici même
« Nous dussions voir, tremblant au poids du diadème,
« Un Roi — le Roi ! n'ayant pour suprême souci
« A cette heure terrible et sombre où nous voici
« — Que courir à l'Anglais la lance au poing, peut-être ? —
« Non ! mais, les yeux fixés, vagues, sur la fenêtre,
« Que songer si la ville est encor sûre ou non,
« Et s'il ne s'en va pas ce soir fuir de Chinon !


« Ah ! vous levez la tête !... eh bien ! qu'allez-vous dire ?
« Que j'ai menti ? parlez... Vous ne l'osez pas, Sire !


« Mais voyez donc la Hire ; et Xaintraille ; et Dunois !
« Ils se battent, ceux-là ! qu'importe, si, parfois,
« Leurs armes ont souffert de revers durs et graves :
« Etre vaincus sans honte est un droit qu'ont les braves.
« Et puisque la victoire est pour l'Anglais pillard,
« Soyez donc un vaincu, mais non pas un fuyard !

« Un fuyard ! qu'ai-je dit ? — Non ! la douleur m'emporte !
« C'est qu'en ces temps maudits il faut une âme forte !
« Et je suis femme, moi ! je suis... Ah ! Monseigneur
« Accusez la raison d'Agnès, et non son cœur !
« Vraiment ! je sens parfois comme un vent de folie.
« Mais venir augmenter votre mélancolie,
« Et joindre, froidement, pour vous accabler mieux,
« Ma colère de femme à la rigueur des cieux...
« Vous savez bien que non, Sire ! et que l'on vous aime ;
« Que l'on est toute à vous ; et toujours ; et quand même !


« Tenez ! je vous dirai bien simplement pourquoi
« Vous m'avez vue en proie à cet étrange émoi :
« Au seuil de ce palais, où j'entrais, triste et pâle,
« Tout à l'heure, allongé, défaillant, sur la dalle,
« Un soldat, un blessé, le visage blafard,
« Tout à coup en passant attira mon regard.
« Une femme en ses mains lui soutenait la tête.
« Indifférente à tout et la lèvre muette,
« Son âme se fondait en pleurs silencieux ;
« Car cet homme portait un bandeau sur les yeux,
« Voile rouge où le sang découlait goutte à goutte !
« Le cœur plein de pitié, m'écartant de ma route,
« J'allai vers cette femme, et, modeste trésor,
« A ses pieds lui versai mon aumônière d'or,
« En lui disant : « Prenez ! c'est le Roi qui vous donne ! »
« Lente, et levant sur moi ses grands yeux de madone,

« Elle eut pour me sourire un long regard très doux.
« Quand brusquement dressé, sanglant, sur ses genoux,
« Le soldat, de la voix et du geste farouche :
« Arrière ! l'or du Roi souille celui qu'il touche !
« Jette cet or — dit-il — femme ! » Et, le poing tendu...!
« Mais vous répéterai-je un outrage éperdu ?
« Non ! et que son injure, en sa douleur conçue,
« Je la garde pour moi — pour vous l'ayant reçue !


« Et voici qu'en rentrant ici, le rouge au front,
« Toute tremblante encore à ce cruel affront
« D'un soldat, accusant, la mort sur la figure,
« Jusqu'au seuil du palais son Roi de forfaiture,
« Il me sembla — jouet d'un vertige insensé —
« Que soudain réveillés à la voix du blessé,
« Vos peuples, abusés d'une folle apparence,
« Se levaient, menaçants, des quatre coins de France ;
« Et je vis, au milieu d'un nuage d'effroi,
« Cent mille bras dressés qui se montraient le Roi ;
« Et j'entendis tomber, sourd comme un bruit de hache,
« De toutes parts ce mot épouvantable : lâche !


« Ah ! je l'ai dit !... Pardon pour lui ! pardon pour eux !
« Que vous importe à vous ce cri qu'un malheureux,
« Le genou dans la tombe et le cœur plein de fièvre,
« Laisse dans son délire échapper de sa lèvre !

« Puis, tous ces simples gens vous connaissent si peu.
« Ah ! si j'étais le Roi, l'on apprendrait, vrai Dieu !
« Ce qu'il en est des bruits que la trahison sème :
« Contre un casque d'acier changeant mon diadème ;
» Pour trône, choisissant la selle d'un cheval ;
« Et, dans mon poing fermé, tel un sceptre royal,
« Montrant, la pointe en haut, à la foule trompée
« La lame éblouissante et claire d'une épée,
« J'irais ! et, quand au son des tocsins répétés,
« Ébranlant le pavé sonore des cités,
« Nos Français entendraient mon destrier de guerre
« Hennir et piaffer le vent dans la crinière ;
« Ah ! combien aussitôt en vivantes forêts
« Surgiraient de partout les piques et les traits ;
« Combien, au premier cri d'altière délivrance,
« Les uns avec la hache et les autres la lance,
« On verrait accourir de nos champs saccagés
« Et manants et barons par troupeaux enragés ;
« Et, devant moi, quittant leurs remparts en ruines,
« Sur leur ventre de fer ramper les couleuvrines !


« Ah ! mon bien-aimé Roi ! qu'il serait beau de voir
« Le peuple, aux reins mordu d'un indomptable espoir,
« Acclamer dans les airs le royal Oriflamme ;
« Et, vers l'envahisseur, aux cris de « Notre-Dame » !
« Se ruer, front baissé, d'un élan souverain,
« Pareil aux flots roulants d'un océan d'airain !

« Qu'il serait beau de voir, au bruit des pertuisanes,
« Débusqués des cités, des châteaux, des cabanes,
« Les Anglais, ventre à terre et la frayeur aux dents,
« Fuir vers la mer, au vol de leurs chevaux ardents ;
« Et, sous vos pieds, la mort dans leur gorge qui grogne,
« Râler les grands Lions écrasés de Bourgogne !


« Ah ! racheter le crime infâme d'Isabeau ;
« Recoudre avec l'épée un royaume en lambeau ;
« Eteindre d'Armagnac les haines meurtrières !
« Vaincre ! Oublier ! Régner ! — Avoir, dans les chaumières,
« Dans les palais aussi, près de l'âtre, le soir,
« Une place où longtemps l'aïeul viendra s'asseoir
« Pour raconter, la main sur quelque jeune tête,
« Et tous vos beaux combats ! et toute la conquête !
« Ah ! Sire, n'est-ce pas un destin radieux ?
« Et combien de guerriers et de héros fameux
« Souffriraient qu'à l'instant s'effaçât leur mémoire
« Pour échanger contre elle un peu de cette gloire !


«' Vive Dieu, Monseigneur, je vois briller votre œil !
« Et la France n'est pas encor dans son cercueil !
« Allons ! l'épée au vent ! au vent, votre bannière !
« A cheval ! à cheval ! — Et toi, la prisonnière,
« O France, qu'on croyait morte à jamais : debout !
« Debout ! tous les vaillants dont le cœur saigne et bout !

« Pleurez, mes beaux jaloux, pleurez, Dunois! la Hire!
« Vous ne serez plus seuls à sauver un Empire.
« Vous vous réserviez tout : la gloire et le danger!
« Sur l'honneur, c'était trop : il vous faut partager!
« Et voici que déjà vers vos champs de bataille,
« Affrontant les boulets de pierre et la mitraille,
« Je vois venir là-bas sur son haut palefroi
« Un soldat qui vous crie en passant : place au Roi!

« Jours d'orgueil, paraissez! que nous puissions encore,
« De nos joyeux Noëls saluant votre aurore,
« Dans les rangs culbutés des Anglais fanfarons
« Voir un prince Français gagner ses éperons;
« Et, sous son gantelet pressant Lancastre à terre,
« Un Roi de Bourge, enfin, battre un Roi d'Angleterre!

« Ah! qui vous bafouait s'était trop empressé,
« Et le temps du sarcasme et du rire est passé.

« Oui! oui! n'attendez pas, très doux et gentil maître,
« Qu'impatient le Ciel un jour, prochain peut-être!
« Par pitié pour ce peuple en pleurs à vos genoux,
« Lui suscite un sauveur — qui ne serait pas vous!
« N'attendez pas surtout qu'aux Marches de Lorraine
« Surgisse, ô Monseigneur, non pas un capitaine,

« Mais, tel qu'il est prédit, le pastoure inconnu
« Qu'on attend et qui doit sortir du Bois-Chesnu !
« Hâtez-vous ! hâtez-vous de sauver la Patrie !
« Et, quand de Saint-Denis, la Royauté vous crie
« D'avoir à balayer des sépulcres royaux
« L'étranger dont le pas offense ses tombeaux,
« Tel que la foudre au loin portez son cri d'alarmes !
« Et soudain que l'on voie, aux mille éclairs des armes,
« S'avançant vers l'Anglais sous l'Oriflamme en feu,
« Le Roi — devant son peuple ; et devant le Roi — Dieu ! »

★

Ainsi parlait Agnès au roi Charles Septième ;
Et, sous l'éclair jailli des yeux charmants qu'il aime,
Sous ces mots enflammés de vaillance et d'amour,
Le jeune roi, surpris et conquis tour à tour,
Sentait de longs frissons secouer tout son être :
L'enfant disparaissait, un héros allait naître,

Superbe de valeur, d'audace et de fierté !
Ses doigts nerveux, déjà, pressaient à son côté,
La garde de son fer à l'étroit dans sa gaine.
Quand, voici qu'au dehors une rumeur lointaine
Monta comme une mer qui s'en vient grossissant :
« Noël ! Noël ! » criait le peuple, frémissant.
Agnès en tressaillit ; le roi dressa la tête.
La foule s'approchait avec des cris de fête...
Et soudain, accouru des profondeurs du parc,
Vendôme, sur le seuil, annonça : Jeanne Darc !

# Une Nuit
# de Marie-Stuart

# UNE NUIT DE MARIE-STUART

*A Mademoiselle Barthélemy.*

## I

C'est l'heure où dans les bois sinistres le loup rôde.

La Nuit verse à longs flots ses lueurs d'émeraude
Sur les hauts perrons blancs du château des Valois,
Solitaire et superbe au milieu des grands bois
Dont le cercle à demi l'entoure, large et sombre,
Fontainebleau, géant de marbre plaqué d'ombre,
Debout, sous la profonde et calme immensité
Se dresse dans sa force et dans sa majesté.

Cependant au palais royal rien ne sommeille :
Sous l'ogive, caché dans son nid, l'oiseau veille
Au bruit des chants, des pas, des rires argentins,
Des froissements confus de l'or et des satins...
— Ondoyante clameur dont la voix dans l'espace
Comme un souffle de brise étrange monte et passe !
Aux flancs du monument les superbes vitraux
Brillent, rouges et bleus, sous l'éclat des flambeaux,
Étalant dans la nuit leurs lumineux losanges
Bariolés de dieux, de rois, d'amours et d'anges.


Car c'est fête ! Le Roi très-chrétien, Henri Deux,
A voulu, par trois jours de danses et de jeux,
De chasses, de tournois, de courtoises batailles,
Célébrant dans sa Cour leurs jeunes fiançailles,
Unir, malgré Tudor aux ombrageux regards,
A l'enfant des Valois la fille des Stuarts ;
Et montrer, s'enlaçant d'une étroite alliance,
Les Chardons Écossais aux grands Lys blancs de France !


O richesse ! ô splendeurs ! Dans les salons dorés
La foule des seigneurs sveltes, brillants, parés,
Le court manteau de soie à l'épaule ; l'épée,
Fine et longue, battant, dans leur marche frappée,
Sur les maillots nerveux aux contours chatoyants ;
La toque de velours de côté ; souriants,

Ou caressant, rêveurs, bercés par leur pensée,
Leur moustache hardie en pointe retroussée ;
Et, parmi les joyaux des dames, les brocards,
Lourds et raides, traînés sur les parquets épars,
Sous les lustres pendant par milliers, les sculptures,
Les glaces, les tableaux splendides, les tentures
Aux portes s'affaissant, pesantes, sur les fronts,
Se mêlent, confondus, les ducs près des barons,
Les prélats près des rois, et, dans les galeries,
Ondulent comme un flot d'or et de pierreries.


Là, passe avec le Roi, riant et babillant,
Diane de Poitiers, d'un pas altier et lent.
Pensive, Médicis, au fond du trône assise,
Les observe — pendant qu'au duc François de Guise
Qui, le genou plié, respectueux, attend,
Nonchalante, sa main pour un baiser se tend.
Le Duc, sans se hâter, sur cette main se penche,
Et son grand collier d'or pend sous sa barbe blanche.
Ici, le cardinal de Lorraine, et Ronsard
Qui récite un sonnet à Ponthus de Thiard.
Cossé, l'adorateur du noble Primatice,
Retient par son pourpoint Chastelard au supplice.
Brissac parle d'amours ; Pardaillan de chevaux ;
Guy vante ses limiers ; Damville ses gerfauts,
Si rapides, dit-il, qu'il n'est flèche en ce monde
Qui puisse devancer leur vol, quand, battant l'onde

Pesamment, le héron, écartant les roseaux,
Le col tendu, ses pieds sous lui ridant les eaux,
A leurs yeux prompts et durs comme l'acier d'un glaive
En cercle, dans les airs, avec lenteur s'élève !
Un jeune chevalier, dans un groupe jaseur
De dames de haut rang et de filles d'honneur
Aux cols souples, ombrés de guimpes de dentelles,
Fait fureur ; il raconte aux nobles damoiselles
Qui, rougissant un peu, s'exclament en riant,
Un fait aussi moral, au fond, qu'édifiant.
Son héros, paraît-il, est un Grand du royaume...
Mais, chut ! — Ce beau conteur est monsieur de Brantôme.


Cependant, aux accents joyeux des violons,
Des flûtes, des hautbois et des gais carillons,
Élégant et royal, le menüet commence :
Sa fine main tendue au Dauphin, fils de France,
Rose et jolie, avec son doux sourire aux yeux,
La fille des Stuarts à pas harmonieux
S'avance. — Tout se tait; tout se range autour d'elle ;
Et plus d'un beau seigneur murmure : « Qu'elle est belle ! »
Son pied, sur les parquets polis comme un miroir,
Glisse, mince et léger ; et le regard croit voir,
Tant sa taille se plie avec grâce et s'incline,
Sur le cristal des lacs enchantés une Ondine
Voltiger ; et charmer, sous les saules en pleurs,
Au fond des verts roseaux les Sylphes et les fleurs !

# DU MÊME AUTEUR :

**Les Contre-Blasphèmes** *(Sonnets — Péchés de Jeunesse)*.
1 volume . . . . . . . . . . . . . . . . . . . . . . . . . . . . . . . **3** fr.


**Nos Gloires et nos Deuils :**

PREMIER VOLUME TRIMESTRIEL : *Le Crépuscule des Gaules.*
— *Bayard à Garigliano.* — *Le Camp de Boulogne.* (Paru.)

DEUXIÈME VOLUME TRIMESTRIEL : *Les Gauloises à Verceil.*
— *Une nuit de Marie Stuart.* — *Agnès Sorel.* (Paru.)

TROISIÈME VOLUME TRIMESTRIEL : *L'Humanité* (prologue),
— *La Saint-Barthélemy.* — *Pépin le Bref dans l'arène.*
— *Le Carré de Waterloo.* (A paraître.)

Prix de chaque volume : **1** fr. **25.**


Chaque volume de **Nos Gloires et nos Deuils** sera accompagné
d'une *Notice bibliographique* indiquant le nombre des volumes parus et le
titre des Poèmes.

L'ouvrage entier comprendra de douze à quinze volumes du présent
format contenant chacun de 800 à 900 vers environ et qui seront publiés
trimestriellement.